# 火花

黃詠妍

# 目錄

# 總幹事序

## 收集美好邂逅　深省生命反思

香港青年協會一直致力推廣青年閱讀及創作，多年來出版多元系列的專業叢書，同時鼓勵青年發揮寫作才能，透過文字表達自己。本會再次感謝語文教育及研究常務委員會（語常會）及語文基金的全力支持及撥款，使「校園作家大招募計劃」得以推行多年，助一眾校園作家實現出書夢。同時，特別感謝各位導師及評審，為八十二位學員提供專業的寫作指導，並選拔優秀的校園作家。

本屆「校園作家大招募計劃」非小說組的冠軍得主，是來自保良局董玉娣中學的黃詠妍同學。詠妍以風格獨特的文字，無論是描繪平凡的歸家路，還是趣怪的奇人異士，字裡行間都透著對生活的熱情和對生命的深刻反思。

每個人走在生命路上，都會途經成千上萬個景色。途中，有人一直在奔波跋涉，只著眼面前的道路；有人習慣走走停停，沿途欣賞日月交替、細聽落葉組曲、感受風雨霧中的水分……也許他比別人遲一點才到達終點，但內心卻早已被一個又一個美好的邂逅填滿。所謂「創作」，正是梳理所思所想的重要過程，這不僅是一種外部表達，更是內在自省的過程。

本人在此希望《火花》能夠成為各位讀者的一面鏡子，映照出我們內心最柔軟、最美好的一面，在萬變世界中啟發生命的意義和價值。

徐小曼
香港青年協會總幹事
二零二四年七月

# 作者序

收到訊息通知《火花》有幸出版成書並公開發售時，我盯着訊息思忖良久，腦海不時閃過各種疑慮：是誤發了訊息給我嗎？有別的參賽作品也是名為《火花》嗎？今天可不是愚人節啊……直至召開了編輯會議後我才對能夠出版一事有些實在感，那時還沒甚麼具體的念頭，只知道筆下的《火花》將印刷成書；文字受眾由親友師長變為大眾，腦袋驟然繃緊起來。

回想起幾年前，正在行逛書展的我在茫茫書海中購入了其中一本「校園作家大招募計劃」的冠軍作品，那時便使我萌生起「學生也能寫書出版」的憧憬。直至上年年尾遇見此計劃的宣傳，我便恃著「初生之犢不畏虎」的精神報名。最初得知能夠入圍便已經深感慶幸，更能夠接受施偉諾老師的創作指導，和參與由不同作家所主持的寫作工作坊，他們所分享的內容使我能把腦海中的飄緲意念寫得更具體。

「為何我們要寫作？」作家唐啟灃先生的這個問題更是使我銘記於心。文字的世界裡並沒有對錯之分，而同一件事由不同人撰寫會有不同的見解，不同人閱讀同一段文字亦有各自的理解。處於速食文化大行其道的時代，以文字表達想法或閱讀文字，在短影片面前更是顯得吃力不討好。那麼寫作的意義何在？對於我這個由小時候伊始便不擅長表達情感的人而言，比起用言語表達，更傾向以文字作為無從抒發的情感之載體，以一字一句訴說心聲。

而每每暢遊於詩賦中的華麗詞藻，感受到每位文人寄情於文字的溫度之際，便種下對文學的嚮往，欲以文字把心中每一幕畫面逐步拼砌，期望能夠創作出屬於自己獨一無二的文學作品。沒想到，在是次計劃能有幸一圓此夢，讓自己的文字和更多人分享。

在此，我非常感恩能夠遇上「校園作家大招募計劃」，並感謝語文教育及研究常務委員會、語文基金和香港青年協會專業叢書統籌組的支持和協助。

看到這裡的讀者們，很高興你們願意給予《火花》一個機會，希望你們從文字中能再次燃起昔日爛漫時光的點點火花，使你會心微笑。

黃詠妍
「校園作家大招募計劃2023／24」非小說組冠軍作家
保良局董玉娣中學
二零二四年七月

# 同學序

在動筆前，我想對「《火花》的作者」道聲恭賀。雖然我們認識了六年，知道她各種奇奇怪怪的外號，但當然，我想在此予以她最正式的稱呼。在《火花》得以出版的剎那，她就已是位名副其實的作家，有了能被所有人傳閱、欣賞的作品，也圓了她多年來的夢想。

在我的記憶裡，她是一名文學的強烈愛好者，平日會寫很多隨筆、詩歌。我還記得某次測驗後，她說自己用剩餘時間寫了一首詩，還恰好押了韻腳，沒等我回話，就奔去拿手機，打字記錄下來。直到現在，每每想起她那時神采飛揚的模樣，都會清晰地感受到她對於文學的無比熱忱。

在有幸讀到《火花》初稿後，我曾想，自己也許無法想像她寫下詩句的所思所想、描繪一件件校園瑣事、少年情事的悸動；但在一行行文句，黑白分明間，我，抑或我相信廣大讀者們，都能感受到她帶來的共鳴。無論是基於現實的創作，或是某一刻靈感的映射、浮於虛空的懵懂感情，都歷歷在目，如一部按下播放的電影。

如果說，我身邊有很多才華橫溢，落筆成詩的友人，她的作品卻是最值得細細品味的。我向來認為，每到創作時，便是把一件件曾引起共鳴的事於文字中回味一遍：既可以是描寫食評家趣事，也可以是於書叢間尋香，或背著心愛的樂器奔跑。在往事餘韻中提筆紀錄，便像是仔細聆聽於山谷間迴盪的歌聲，試圖抓住片刻的「回聲」。而她正是那些能用文字抓住「回聲」的人。

能為《火花》寫序帶給我莫大的感動與喜悅，我也深為她感到驕傲。讓我們進入此書，共同感受生活中綻出的星點火花。

同學 張俏言

# 同學序

這是最好的時代，也是最壞的時代。千千萬萬困擾前人終身的謎團，如今在須臾之間便可得到解答。千千萬萬先賢的所見所得，已然可以任人瀏覽學習。我們享受來自這個快捷時代的便利，但有得必有失，我們也被那信息炸彈所炸的目眩神迷，失去了對細小事物的感知力。我們或對影院的大螢幕裡的巨獸大戰而讚嘆連連，或對綜藝節目裡嘉賓誇張的表情忍俊不禁，或對社交媒體裡他人無拘無束的生活心生嚮往，但唯獨是對自己身邊的人和物，我們是遲鈍的，忽略了最本真的美好。蟬爬上樹的高處鳴叫，彰示著自己完成了從幼蟲到成蟲的蛻變，我們卻戴著耳機，不知蟬鳴從何時而始，也不曾關心每一年的最後一聲會是何時。常吃的餐廳換了侍應和廚師，我們只是滑動著電話，一口又一口的吃著，不關心人事的代謝，不留意菜餚的不同。

這樣的我們，如同外層燒盡而內層未燃的火堆，當外界而來的信息不再能提供足夠的燃料，便會自然地熄滅。我們真正需要的是從內而外的火花，充實我們的內在，驅散內心未曾照耀過的陰影。作者敏銳的察覺到了生活中被常人忽略的點滴，用她細膩的筆觸、從他人寫到自己，以「微枝末節」構成了一個趣味橫生的世界。與讀者從日常出發，慢下來，停下來。聆聽遠處傳來的鐘鳴，感受微風拂過髮梢的涼意，細嗅茶葉的微香，觀察那些細碎而尋常的美好，再次感受到那失落已久的簡單幸福。幫助讀者在這矛盾的時代中，找到獨屬於自己的祥和之地。

同學 陳加衡

# 前言

圍繞生活中偶然擦出的每一點火花，把當中璀璨而微小，教人回味、有所獲益之事以文字記錄，珍藏於每一筆的墨水裡，好讓人在往後萎靡之時回味，一點一滴迴流入心坎，洗滌當中久積之塵垢，感恩生活上儘管不起眼的細節裡尚有可喜之處。亦希望此作品能透過紙張上的一字一句，把青蔥歲月、靈光乍現的幻想呈現於讀者面前，讓離去校園已久的人能打開心坎中那承載著校園逸事，卻早已布滿塵埃的盒子，讓昔日爛漫青澀的回憶能夠滋潤久經於滾滾紅塵，早已乾涸的童心；亦讓正值志學之年的莘莘學子能有所共鳴，珍惜當下，也知道這個城市的一隅，有某人與他一樣經歷過低潮，共勉之。在接下來的篇章，讓我們一起放慢節奏，細心感受每一點火花綻放的瞬間。

# 奇人錄

據悉每個人一生會遇到兩千九百二十萬人，
相遇的概率是零點零零四八七。
有幸能遇上各位，見識到生命綻放出的異彩，
活出屬於自己別樹一幟的每天。

# 〈文言食評家〉

話說前陣子董中掀起了一陣食評潮，學生紛紛跟隨著一個剛崛起，號稱「董中唯一真美食家」的食評網站中之推薦菜式用膳。「美食家」的版面清晰易明，每個菜式圖片下方都設有評分和個別食評，評分準則為餐廳環境、態度效率、價錢、食物質素。於下方再以數十字形容食物的色、香、味及用餐體驗作食評。有為數不少的同學亦因而走訪美食家筆下推薦的餐廳。

可有趣的是，沒多久，本以簡潔、輕鬆的風格見稱的「美食家」竟被另一個名為「黯然銷魂飯」的專頁抨擊。「黯然銷魂飯」是由一個匿名的學生管理，其對外宣稱自己成立此專頁之目的乃一正眾學生視聽，撥亂反正。據他所見，「口腹之慾」不只是滿足人們基本的生理需求。而是，有人享受的是一天裡難得的清閒時間，有人是喜歡吃下食物時的滿足感，有人是為了和一眾知己談天說地。總而言之，進食的過程，就是人們尋求享受的過程，此事並非數個評分，寫上幾行不甚準確的文字，便自封為「美食家」，就可以道盡的。長久下去他唯恐，董中人聽信讒言，失去辨別餐廳好壞的能力，也就失去了享口腹之樂的機會。因而「黯然銷魂飯」一專頁，以典雅的文言文為眾師生娓娓道來隱藏於周遭的美食及其誘人之處。

甫伊始，學生們都不禁為其別出心裁的評論方式吸引，然而閱讀文言文的風氣在我校或許不太盛行，大多學生在「三分鐘熱度」過後便打回原形，放棄理解那些艱澀難明的文言文。這樣我不禁狐疑，到底在這所學校裡有誰熱愛文言文的程度之高會以其入文，作為給予全校雅俗共賞的食評。經過連番思索，思前想後我亦無法確切地想出答案，直至那天弦樂小組要為表演海報想出標語時，大家推舉出來的那個人（為保障「黯然銷魂飯」版主的匿名性，本文則在此按下不表）。

「要是那個人，以文言文入文也不足為奇」的想法於腦內縈繞不散，遂驅使我於某天找到機會驗證我的推測。那天練習過後，我好不容易鼓起勇氣向那個人問：「話說你最近有留意那個寫文言文的食評家嗎？」他默默地點了點頭，眼眸散發著好奇的光芒。「你就是那個文言食評家嗎？」語音剛落，我才察覺自己衝動地把內心的聲音唐突地宣之於口。那個人先是被這突如其來的問題震驚得呆住了數秒，隨後又回復一向的從容，緩緩道：「正是，『黯然銷魂飯』食評確實為余所撰。爾從何而知？」答曰：「汝……不，你平日與人交談不時引經據典，或是以文言文溝通，使人有種猶似穿越到古代與古人交流的感覺。再者，平日於線上聊天你亦使用書面語或文言文，我實在絞盡腦汁都猜想不到第二個合理的懷疑對象。」身為食評家的那個人盛氣凌人地說：「今我輩將以有道伐無道，還我校一個朗朗乾坤！師妹，日後讓我帶著你尋訪各食店，教會你何謂真正的美食吧！」

甫伊始，食評家對食物之烹調方法認識甚廣，亦對此甚為執著。從一隻色澤金黃中略帶焦色，外皮酥脆的雞腿，他便能想到雞腿應當是裹了一層太白粉後炸成，才使雞肉白嫩並保留了肉汁的鮮味。而他認為，一盤乾炒牛河便能判斷該餐廳炒菜之水準，皆因此菜式講求「鑊氣」，油多便過於膩人，油少則易炒至焦糊。豉油多則味道過鹹，若加過量老抽則顏色黝黑，影響食慾，箇中蘊含種種學問，要炒好一盤乾炒牛河絕非易事。種種於細節上的執著使我對其深信不疑。

往後與食評家相處的日子中卻發現了他本人與說得頭頭是道的食評背後鮮為人知的一面。猶記得那次思索著要到哪家餐廳用餐之際，我提議到距離學校最近的一所連鎖日式意大利菜餐廳，卻被食評家以那裡的芝士味甚酸、飲品款式少得可憐、違反了披薩不可加菠蘿等的大量理由反對。結果我們到了他在「黯然銷魂飯」專頁所介紹的一所茶餐廳用膳，甫推門進入，食評家便與招待的侍應寒暄兩句表明自己是「熟客」，可當我看見那侍應的表情便再次印證了「只要我不尷尬，尷尬的就是別人」的金科玉律。我點的是飯菜分離的蘿蔔牛腩飯，他點的則是麵食，可不知為何，當我快要用餐完畢還剩幾口白飯時，坐在對面的他忽發奇想，在我的碟邊淋上紅醋，那陣酸澀撲鼻而來，使我不得不放棄碟邊的白飯。我不禁以埋怨的眼神盯著他，他卻胡鬧地說：「你有幸得我這位知名食評家親自為你調配拌飯醬汁是你的福氣，該好好感謝我才對嘛。」我回了他一個白眼，他卻一笑置之。

某天排練過後，食評家又以口渴為由拉著我到一家新開幕的茶飲店。一如既往，食評家點了杯奶茶少甜，而我則點了拿鐵一杯。誰料這次食評家卻以不太流利的英語點餐，一反以往猶是古人的姿態。看見我投以一頭霧水的目光，他解釋說：「作為一個知名食評家，好應該走向國際。」少頃，飲管插入塑膠杯面發出清脆的一聲，我吸了一口拿鐵，眉頭不自覺顰了顰。「那個……你覺得這家茶飲店的飲品味道有點奇怪嗎？」我問，他碎碎唸：「就是嘛，我明明點了少甜，卻不見得這杯奶茶的糖分少了，每喝一口都覺得膩呢。」「有沒有可能是店員忘記了少甜？但你就不覺得這裡的鮮奶底是用奶精調配出來嗎？味道怪得很！」我道，想不到這位曾質疑別人認受性的食評家竟然說：「其實我喝不出牛奶或是奶精的分別，猶如許多人難以辨別燒鵝和燒鴨之異同，你能嘗出奶精和牛奶的分別已經很厲害。其實能不能辨別各種食材也沒差，正如我這樣沒有乳糖不耐症的人，喝奶精或牛奶亦沒什麼影響；要分辨燒鵝和燒鴨，看各自的價格便可。」我心裡默道：「一個連奶精和牛奶，燒鵝和燒鴨也分不清的人竟自居食評家，看來那些早就沒再關注『黯然銷魂飯』專頁更新的同學都頗有前瞻性。」

想到這位食評家到頭來只是故弄玄虛，回首昔日的我竟為此深信不疑，現在只能回以乾笑兩聲。但說到底，飲食喜好人各有別，非以一個單一標準能夠以偏概全。這位文言食評家以文言文包裝其食評，不如我們嘗試以食評包裝其文言創作，當作鑒賞一篇以美食為題的篇章。

# 〈尋香者〉

「香氣是一種魔法，他能夠把我們帶入不同的時空和情境。」——傳奇調香師——克羅德．艾列納

香氣的力量不僅僅是一種感官體驗，更是一種能夠觸動我們情感和記憶的神奇媒介。

於街頭上行逛頃刻，頓覺香水店開得有如恆河沙數，香氣的種類更是五花八門，應有盡有。我隨機走進了一間香水店，思忖著其近年變得受歡迎之故。展示櫃裡每個香水瓶都貼上了不同標籤：梨味、棉花糖味、牛奶味、爽身粉味、金木犀味……周遭的顧客都紛紛在挑選自己喜愛的味道，我亦不甘後人，把不同香味噴在試紙上聞一聞。起初只覺香味略嫌太直接和濃烈。少頃，那些渾濁而庸俗的化學氣味如鼻涕般黏著鼻腔，仿佛如鼻

塞似的，教人窒息。香氣理應是令人放鬆、愉悅的氣味，而那些所謂的「香水」卻令人頭昏腦脹，使我毅然離開店鋪到外面以空氣洗淨鼻腔，通一通鼻塞。頭腦昏沉的我只想找個地方圖陣子六根清淨，於是我便走到最能安撫五感浮躁之地——圖書館。

話說至此，不得不提起在同學之間我亦因一個舉動被他們稱作奇人。某日我於音樂室發掘到一本泛黃的樂譜集，不禁拿起手湊近鼻子聞一聞，欲探尋其香。恰巧被幾位同學撞見，詫異的他們都對此舉嘖嘖稱奇。逐向他們解釋並介紹於書中尋香之樂，可他們不曉其香亦不解，只道是奇人異士的怪癖。

穿梭於列列叢書間，選了幾本小說、詩集細嚼，在打開每本書之際都會嗅到屬於它獨有的香氣。那是紙張的味道，還是油墨的味道？或許，那是時間的味道，沉穩而淡雅。每一本書的味道最受用紙、經歷和時間的影響而呈現出濃淡不一，或是厚重，或是輕盈的香氣，難以與其他氣味比擬。依我說，圖書館才是收藏了最多氣味的地方：民初小說的暗香、上世紀出版的聖經之濃芳、最新潮流雜誌簇新的油墨味、兒童文圖集的快餐味……周遭不乏尋香者願意駐足此地慢慢感受揭頁時，書本散發出專屬的時間之香，尋找讓自己著迷、帶來喜悅的真正香氣。

# 心之所向

心之所向，素履以往。每種興趣都有許多不足為外人道的苦與樂。路途上各種的煎熬只有同路人才懂，但正因為經歷種種苦痛才會愉快。而既然痛苦愉快總是兩相隨，勝負有時，那就不求做世一頂流；毋忘初衷，只求可以做一世所愛之事。

# 〈想便辯〉

「友方同學喺咪嬲咗我呀？」

十二年前的一場辯論比賽，於自由辯論環節出現的一句話在今天的社交媒體上一夜翻生，再一次掀起熱潮，成為城中熱話，使素來對辯論這項活動毫無興趣的人都紛紛嘗試以辯論腔與人交談，嘗試向我們辯論隊的成員了解何謂辯論。看到這場充滿童年回憶的辯論比賽和身邊的人時不時掛著「友方同學」四字於口邊之境況，勾起了當初接觸辯論時那純真而遙遠的快樂。

猶記得，那時每星期五放學後都要出席辯論隊訓練。與其說訓練，倒不如說學校把它歸類為課外活動而非校隊訓練。辯途上，我的啟蒙導師是一位前辯論隊隊長的大學生，我們稱她為白姐。當年小學的聯賽和盃賽都不算太多，訓練的日子裡白姐不時會播放不同組別的決賽，並加以分析當中所運用到的技巧，而「香港兒童真幸福」這道辯題亦烙下深刻的印記於我的腦海。那場比賽，正方第二副辯的男生反應力是多麼迅速、鎮定，成為最佳辯論員應當毋庸置疑。可是，我卻被反方結辯那位女孩的演說能力深深吸引，她演說時的抑揚頓挫、以故事作為類比時的情感投放是多麼引人入勝，彷彿至今仍於我的腦海內縈繞。而最精彩並為人所熟的自由辯論環節亦是令我愛上辯論的一個契機，唇槍舌劍緊湊的交鋒使台上刀光劍影，讓人看得目眩神往。著名的那句「友方學喺咪嬲咗我呀？」亦成為了隊中的圈內笑話，成為我們共同的童年回憶。

白姐間中亦讓我們圍成一個圓形坐著，討論本地或是全球性的時事議題，並各自發表對此的看法並分析其利弊之處。想起她最後一次與我們訓練時，我們也是在討論著本地的新聞時事，那時嚴肅的氣氛、同學們凝神貫注的表情、白姐對我們將來的寄語都字字鏗鏘地烙印在心坎裡，直至現在仍歷歷在目。「無論你們是甚麼立場也好，希望你們懂得分析是非對錯，沒有一方是絕對的。願你們往後所做的一切問心無愧，真理會越辯越明。」

此外，我們亦會進行即席演講和各種模擬比賽以訓練急才和自信。某次抽到的一道演講題目使我格外深刻，名題為「童年」。對於當時只有十一歲的我而言，「童年」究竟是過去還是現在？雖然師兄師姐都向我投以饒有趣味的目光，渴望了解一個閱歷淺之又淺的師妹對「童年」有何見解？我邊思考邊捏緊手中的紙條，直至把它揉出裂痕也未能道出一字。白姐看見我一臉惆悵，或許明白我的難處，便換了道題目。若果現在有一次個人演講機會，可以再次於白姐面前辯述同一道題目，我定會毫不猶豫地說出：「在你帶領我們辯論隊的時光是我童年的一顆啟明星，簡單而耀眼，成為辯途上破曉前的序章。」

沒想到加入中學的辯論隊後卻遇上風瀟雨晦的一年。那年辯論隊所抽到的題目大多為站方傾斜的辯題，而我們的辯論隊教練——莫老師運氣甚佳，每每遇上傾斜辯題都能夠抽到不利的站方。在整年賽季中，靠著資深隊員的辯技我們才贏得一兩場勝利。

在中二的那年，看來莫老師認知到自己和辯論隊的運氣需要一改，便做了一件設計和顏色皆有所轉變的隊衣。不知是巧合還是真有其效，學期伊始便接連贏了數場比賽，甚至殺入一場盃賽的季軍賽。當天大會嘉賓致辭：「人長大後，很少機會可再接觸辯論，因此我們要珍惜辯論，要珍惜辯途上的一切。」誠然，辯論的確帶給我很多，在每次比賽累積的經驗、辯駁與主線安排的技巧、備賽過程中和隊友相處的點滴、段段因辯論而起的友誼、由不敢說話的人變得樂意在群眾的目光下站在講台上說話的勇氣……真不敢想像，辯論從人生消失，當中一切盡成空白，現在的我會活成甚麼模樣。

每次迎來中一的新血，看見他們對踏上辯論場台板的憧憬和每場賽前準備都未有缺席，只為爭取一個與對賽學校進行思想碰撞，「但求一辯」的機會，使我不禁慨嘆昔日比賽時評判的一席話：「其實辯論是一種浪費時間的活動，即使我們花盡時間、心血去了解辯題、進行資料蒐集、想出一個多完善的反方案也好，這些政策也不會因我們的一場辯論而去實施或取消，辯論比賽依舊進行，世界依舊運作。但至少我們改變了自己，改變了固有的思維、擴大了自己的視野。」

而我相信，在時代的洪流，當辯論還有一絲尚存的機會和意義，我們尚可於最壞的時刻保持清醒，慎思明辯。趁著現在還有辯論的空間，跑吧，頭也不回地跑吧，用盡全力於辯途上前進，走得多遠就多遠，只要想，便辯。

# 〈奔跑吧！大提琴〉

你有試過背著一個高度約有一位十歲小孩的大提琴在奔跑嗎？你有試過追著奪走你心愛的大提琴的人奔跑嗎？以上的，我都試過。

可能這樣聽起來很傻，到底為何要選一種笨重的樂器而非一種易於攜帶的輕巧樂器？還要在街道、學校走廊、月台上奔跑？或許這就是青春吧。

當初鋼琴考上八級後想學習一種新的樂器，那時我還糾結於選型格帥氣的電結地還是古典樂中冠之以「最接近人聲的樂器」之名的大提琴。不必多言，我最終臣服於大提琴圓潤豐富，華麗有力的音色下。直至現時為止，我從沒後悔選了大提琴一事。

相信你們都聽過《卡農D大調》一曲，此乃大提琴界的其中一首「名曲」，聞名中外的，不是它優美柔和的旋律，而是大提琴在與其他聲部合奏時的樂譜——全曲只有六個長音並重複直至完結。某程度上，這亦反映了大提琴在大多數合奏裡的地位和與主旋的距離。縱然如此，我亦無悔當初。

即使在樂團裡只有底層的節奏和偶爾一兩句的旋律，我仍然堅持在街道上背著大提琴奔跑，邊用手護著背後的琴盒，邊邁步向前。雖然這個奇怪的跑姿有損田徑隊的形象，但也不顧得這麼多，只為追趕上前方即將駛離車站的巴士。其實早上的活動結束後要由沙田趕回屯門本來就要遲上四十五分鐘，負責老師亦奉勸過缺席一兩次樂團練習也沒什麼大不了。但正因我享受著在樂團與團員們合奏的時光，才會如此拼命地珍惜在樂團裡的一點一滴，拚命地想留下更多的回憶。

一直以來玩音樂的人都給別人一種文靜，不愛運動的形象，而我校弦樂團的眾人亦恰巧不願參加運動會上的各種項目，即使被社長威逼利誘也只是半推半就地報了一個瑣碎的項目，有的甚至自薦加入各裁判老師的麾下，成為工作人員逃避社幹事的窮追猛打。有話為證：「要是熱愛運動的，都不會在這時於音樂室出現吧。」那時，正身處音樂室的我不禁無奈地搖了搖頭。

以上種種，看似這些「文靜」的音樂人對運動有種無形的抗拒，孰料他們喜歡的可是「負重運動」。一個月內總有一兩次在練習結束後，不知由誰帶起，幾個手上拿著小提琴盒、中提琴盒的「文靜」音樂人時而在學校走廊、時而行人天橋上奔跑。對於一個要背著小孩似的大提琴之人而言，平日走路都要格外留神，更何況是和他們於天橋的上斜位奔跑。

某天暮色時分，他們似乎發現了我總是落在後方施施然地走的原因，便在我準備背起大提琴離開音樂室之際抽起了我寶貝的大提琴奪門而出。他們豈能把我的寶貝奪去當作人質？我旋即急起直追，趕到前方營救我的大提琴。在奔跑的路上，我才察覺他們已經順利把我同化，而手持大提琴逃跑的音樂人亦加重了自己的運動量，這有著「傷敵一千，自損五百」異曲同工之妙。往後日子回味著，不禁慨嘆當時幼稚無聊之餘亦好笑。

這些因當初選擇了大提琴而聚起來的種種，使這些無聊卻可貴的歲月裡有教人留戀的魅力。

## 〈運動場〉

這個布滿褐紅色塑膠顆粒之地盛載著孩提至今一顆又一顆晶瑩剔透的珍珠。自小一以來我便一向是田徑隊一員，隔三差五便出現於運動場，這個地方可謂最影響我的成長。

小時候的我頗為好動，從小便愛於褐紅跑道上疾馳。那時人際圈子不太廣泛，朋友大多都來自田徑隊。猶記得每逢星期二我們總是期待著下課鐘聲響起，皆因等待著我們的是停泊在學校門前等待接送我們到運動場訓練的專屬旅遊巴，每每登上也萬分熱鬧。回想起來，對現在來說，這件事可稱上是奢侈，畢竟以前小學是多麼的重視田徑這個範疇，而今只能搖頭輕嘆，於思海中回味著當年的那份優越。

臨近比賽期間，我們動輒於小息時來回在運動場上奔馳練習交接棒，以鞏固彼此的默契。在其他同學眼中田徑隊也太不近人情了，居然要犧牲小息時間來練習，而我們卻樂此不疲，一次又一次地起跑、一次又一次地喊「手」、一次又一次地令交接的動作更加流暢，別人眼中的苦差在我們的角度而言，卻是甘之如飴，是平日普通小息無可比擬的快樂。

某年比賽剛好是隊友的生日，我與另外兩位隊友便嘗試了人生第一次自發籌辦朋友的生日慶祝活動。還記得當年一星期僅有二十元零用錢，我們三個每次小息只得站在小賣部前望梅止渴，努力地儲起零用錢去買一個生日蛋糕為朋友慶生。日月如梭，轉眼間便到了朋友生日當天。上午的賽事完畢後我們立即由運動場趕到蛋糕店，顫抖地遞出連月來儲起的金錢，「傾盡家當」買下蛋糕便趕回去。回程途中，不曉得是誰認為缺了點「驚喜」冒出個「好」主意，便提議我們到便利店買汽水和萬樂珠加添氣氛。萬事俱備的我們回到運動場的看台，便鬼鬼祟祟地繞到正納悶隊友身在何方的朋友身後，喊了她的名字，當她被突如其來的呼喊嚇個措手不及時，我們便唱起生日歌來。乘著她未及反應，我便旋即從身後捧出蛋糕。「啪嗒」一聲驀然響起，隊友拉開汽水罐的拉環，打算把罐內被搖晃多時久積的氣體噴射而出，卻沒想到罐裝汽水的氣泡不太多，開口展冒出零星的氣泡。朋友舒了一口氣，把原先的驚愕呼出，打算開口嗆回去之際，隊友驀然把萬樂珠放進汽水裡。誰料年少無知的我們竟買了雜果味萬樂珠，泡沫非但毫無增加，反而徒增甜味，使我們哭笑不得。壽星豪爽地接過「受祝福」的汽水一飲而盡便合起雙掌，誠心地許下願望，吹熄了蠟燭。這段回憶也伴隨著縷縷餘煙飄到心炊處，不時縈繞心頭，宛若仍帶著當日蠟燭上火光之暖意。

日子久了，我亦逐漸認識田徑隊以外的同學，但相處時總有層無形的隔膜。少了那份默契，少了那份爽直，少了那份拼勁。那時伊始，我便萌生了一個「田徑隊的人才是交得過的好友」之念頭，直至升上了中學這個念頭才被現實打破。那只有二十餘人的田徑隊，每逢練習時只有寥寥數人出席，遲到早退已成家常便飯。訓練時艷陽高照，汗水也漸從額角冒出，心卻熱不起來。看著身旁的是一些一個月只見一兩次的「隊友」，心裡不禁流露出一種無以名狀的失落。直至陸運會前機緣巧合之際，社長安排了我為該社制定練習計劃，並帶領參賽的社員於運動場訓練。原來心灰意冷的我認為那些門外漢練習田徑也只是做做模樣，不必太認真。豈料他們每次訓練也準時出席，即使知道自己體能稍為遜色，仍努力不懈地完成每一項練習，看到自己賽事的完成時間一次比一次快，他們臉上滿足的笑容與我的回憶重疊起來。那種執著與熱血是多麼的熟悉，那刻就像一點點火花散落於心坎上，把早已冷卻的心再次燃燒起來。那刻，頓覺原來在校園裡總是埋頭苦幹的學生亦有熱血一面，我終於敞開心扉，於休息時間與他們席地而坐，聊個天南地北。相處過後原來，交得過的好友並非田徑隊之人，而是擁有那份堅毅和熱血的心之人。

運動場是一個互相切磋的地方，是快樂的桃源，是友誼的搖籃，亦是一面能夠映出人心的鏡子。

# 細味生活

生於這片節奏急促的城市，使我們慣於追趕時間而非感受當下周遭變化的每一刻。有時候我們不妨慢下來，用心品味每一個微小的瞬間，感受屬於自己閑適寫意的生活節奏，細味早已藏在周遭的遺珠。

## 〈品茶〉

古有「三雅道」：「茶道」、「香道」、「花道」，而其中茶道猶與我們廣東人的生活息息相關。孩提時，每次外婆也會特意拿出整套茶具來泡壺茶，讓我們邊呷邊聊。而我卻認為外婆這樣大費周章，用茶包豈不是更方便快捷嗎？那時，外婆回答道：「茶道，乃品賞茶的美感之道，亦被視為一種烹茶飲茶的生活藝術，一種以茶為媒的生活禮儀，一種以茶修身的生活方式。它通過沏茶、賞茶、聞茶、飲茶，靜心修德，學習禮法，領略傳統美德。」那時好動的我仍不明白這種看似浪費時間的活動箇中的吸引之處，只好唯唯諾諾地點了點頭。

沒想到長大後生活勞碌奔波，卻漸漸愛上到外婆家品茶的閒適時光，讓自己靜下來陶冶性情，調理身心。《茶經》有云：「若熱渴、凝悶、腦疼、目澀、四肢煩、百節不舒，聊四五啜，與醍醐、甘露抗衡也。」在沏茶的過程中，沸水蒸發，彷彿煩惱也隨著蒸氣消散於空中；在賞茶的過程中，觀察其湯色，清澈亮麗，心隨之明淨；在聞茶的過程中，氤氳茶香，沁人心肺；在飲茶的過程中，初呷苦澀，頃刻，醇厚甘味於口腔內縈繞，餘韻足以令人忘卻世俗繁囂而沉醉於品味茶的美感中。我們不妨在趕急的都市中靜下來，好好享受品茶的閑情和傳統之美。

# 〈路上〉

某日獨個歸家，想在歸家路上吃點甚麼解口舌之慾。

棉花糖？

放在嘴裡不消一會便化開，不曾吃過任何東西似的。

雪糕？

在炙日之下命不久矣，手還會因此變得黏笠。

奶蓋茶？

邊走邊喝，不慎便喝得滿腹茶水在晃蕩，喝得慢，奶蓋便會混於茶中，使其變膩。

布甸？

精緻玲瓏，吃兩三口便完事，吃得興起之際卻要結束，煞是可惜。

想著想著，頓覺家已在不遠處。在路上，思索著該吃甚麼，活在幻想世界裡，並無解饞之功。卻打消了原先的浮躁不安，或許要安撫的不是口腹之慾，而是思考慾。明明能夠在路上久違地放空腦袋，但腦袋卻為自己徒添問題。思考時可能會糾結焦躁，但回首檢視，此不過為雞皮蒜毛的小事。

在生活中，或許我們都會為自己帶來不同的抉擇難題。這時，退後一步，你會發現其實很多問題不用做抉擇，只要沿著最初的目的地前進，不論途中有多少難題、荊棘，想著，解著，走著，不知不覺間就已經到達終點。

## 〈我地〉

區外人常言道：「屯門人騎牛出入」，作為屯門人的我沒見過此奇觀，倒是明白他們認為屯門是郊野之地。在屯門住了十多年的我卻仍未到訪過屯門的青山，今日便忽發奇想打算到青山禪院一遊。對比一下他們眼中的屯門和我眼中的屯門之異同。

上山後不知不覺間，縷縷香火典雅之味傳到我的鼻腔，象徵著青山禪院就在不遠處。我隨即加快腳步往前，踏進這古色古香之地。先是門前受風雨侵蝕得凹凸分明的拱形石門，復前行，青山禪院在夕陽下被白煙繚繞，猶如一條若隱若現的黃龍守護著青山與山下的屯門。

踏入禪院內，時光彷彿倒流了百年。周遭被磚牆瓦片包圍，前方金燦燦的三座神像神態慈祥，給人一種親近而又觸及不到的距離。抬起頭來，屋樑上的令我頗為驚嘆。即使木樑縱橫交錯，卻顯得井然有序。部分木樑上更被雕上具中華文化特色的花紋，如祥雲和如意結。建築藝術與雕刻藝術早已在從前於此地結合，生於屯門的我現在才發現，真愧為「屯門人」。

走出禪院後，沿著院外歷盡滄桑的白石梯向下到古建築群間的大平台，馳目遠眺，山下皆為住宅。萬家燈火照耀著山下，夙負盛名的屯門公路車水馬龍，市民歸心似箭，欲速歸家與家人共聚天倫之樂，與我身處之地的靜謐截然不同，卻同為屯門。不像旺角為不夜城，人們娛樂至迎來破曉；不像中環般商業繁忙，人們如火如荼地工作，屯門就是屯門，是一個獨特的存在。

夜色漸濃，日月交替。我便走上青山的更高處背著城市，棲身於一抹銀輝灑落的草地。悠悠抬起頭，天上沒有多餘的雜光，只見星空萬丈綻放，不禁令我沉醉於其中。作為都市人是多久沒看過星羅棋布的夜空？以前於山下盡其量只能把夜空描述為月明星稀，而今，於山上的我體會到別一番景象。屯門依然是城市，卻有著大自然的一面。

於我眼中，屯門的獨特之處，就是她不徐不疾地運行著，平靜卻耀眼。有別於其他區分的狂歡、繁忙，屯門正在靜靜地展現她的光芒。

# 幻想即興曲

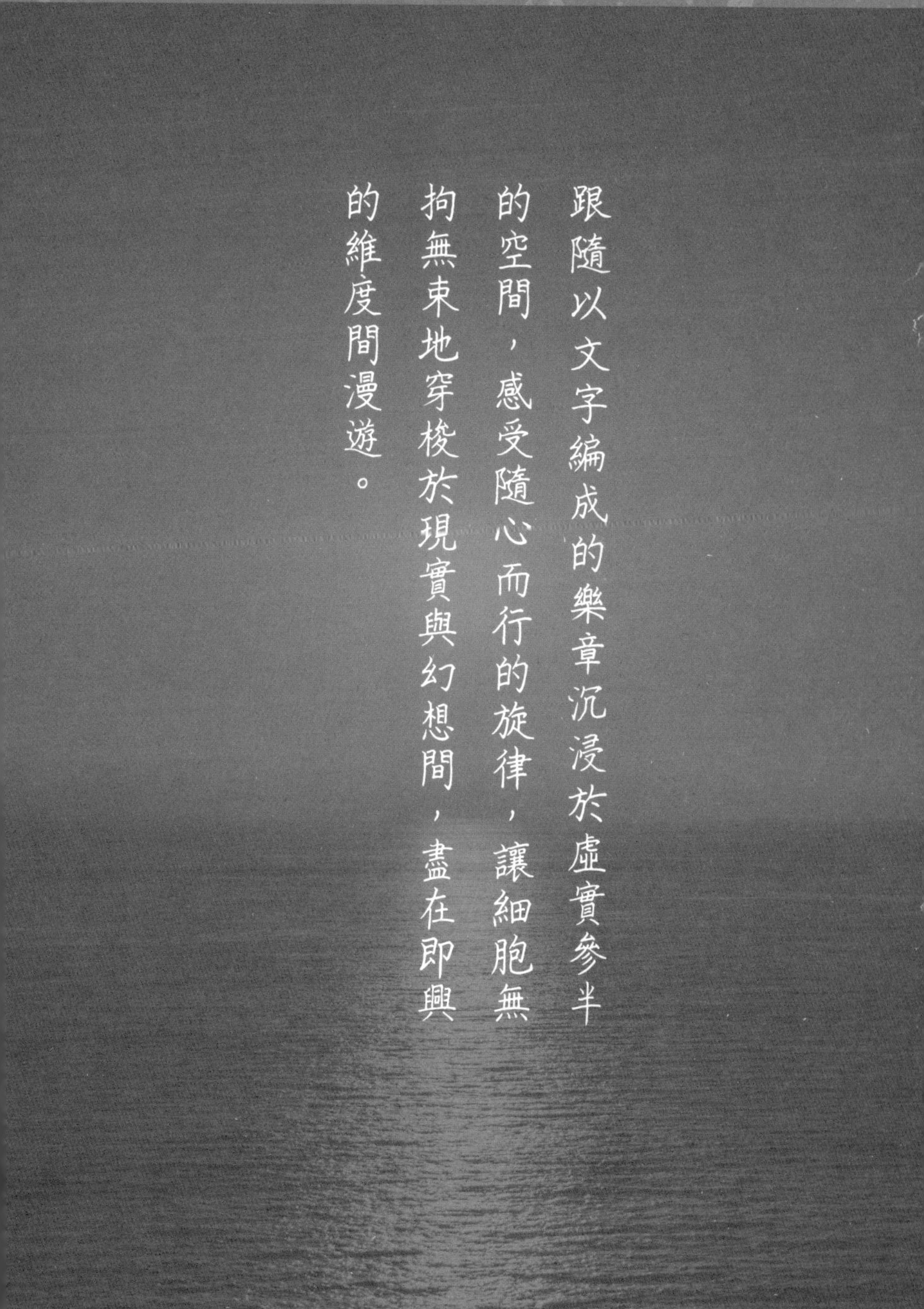

跟隨以文字編成的樂章沉浸於虛實參半的空間，感受隨心而行的旋律，讓細胞無拘無束地穿梭於現實與幻想間，盡在即興的維度間漫遊。

# 〈分行散文〉

**之其一：《維他與筆》**

贈你一枝「維他」清水與筆
在樽上寫上「吾之所愛」
在筆夾攝著一張寫上「是你」的便條
或許這亦是一種
文字上的浪漫

**之其二：《魚與線》**

我是魚
遇見你
只道是魚絲
卻甘願以飛蛾撲火的姿態
游向你
你沒有魚鉤
我誤以為是你的溫柔
沒想到
你我根本不屬於同一世界
因為
你是風箏的絲線
沾了玻璃碎的線

## 之其三：《鬧鐘》

家中有兩個鬧鐘
總會在你酣睡之際
在你身旁
聲嘶力竭地呼喊著
把你從美夢中拖回現實
或許會感到煩躁
但正因有鬧鐘
才不會安於現況
而抖擻精神勇敢前行
謝謝
家中的兩個鬧鐘

## 之其四：《錯過》

按下快門
欲把那些笑容以鏡頭捕捉
來不及對焦
眼前的身影已揮袖而去
留下的
只有以雙目記錄
迴留於腦海之殘影

# 〈靈感神社〉

「相傳在香港某一條小巷中隱藏了一間『靈感神社』，到訪過那裡祈求寫作靈感的人往往能夠如願以償。據說那裡立了一座白色的鳥居，而正殿鈴緒之下的功德箱並不是投入硬幣奉納的普通功德箱，祈願者投入的奉納品只有親身到訪過靈感神社的人才知道。有許多學者、記者、好奇心旺盛的人欲一睹其風貌但都不果。即使尋遍再多的地圖，踏遍每一寸土地亦空手而回，只有真正需要祂啟示的人才會尋到神社的所在地，即使不刻意尋找，祂都會引領你到訪。一切是緣分的牽引，注定難逃。」

遞交終稿的日子將至，或許思潮早已乾涸，筆下的墨水再也不能化作天地萬象，只留下一堆殘破零寥的形狀於慘白的稿紙上。這位落泊潦倒的作者決定把心一橫，戴上虛擬實境眼鏡，到訪當中人潮洶湧的旺角尋訪那座傳說中的神社。

走在肩摩轂擊的彌敦道上，恍如置身大海中漂泊。茫茫然走到交界處，轉至縱橫交錯的小巷裡，眼見四下無人、油煙充斥、苔蘚遍地，牆上貼著一列泛黃的海報。每走一步都要避開散布各處的水源不明的水窪，教人有轉身離去的念頭，一秒也不願再待在此地之感。可為了追逐那微小的曙光，即使每寸外露的肌膚彷彿裹上一層油氣般，她仍咬緊牙根於小巷探尋那所虛無飄渺的神社。

驟然察覺腳邊溝渠淙淙流淌的水分外清澈，遂緣溝渠行，忘路之遠近。忽聞鳴鐘之聲，雄厚沉穩，微風輕拂，沁人心脾，毫無油耗潮濕之俗氣，落泊者甚異之。復前行，欲窮前方。小巷盡頭之壁前立一塊木板，木板上以蒼勁有力的毛筆字標示著靈感神社的入口。目光隨著箭頭方向望去，入口乃右方的一條狹窄深邃的小巷。巷子的盡處彷彿若有光，她瑟縮著身體從口入。初極狹，才通人。復行數十步，豁然開朗，土地平曠，殿舍儼然，有銅牛像、御手洗、桑竹之屬。踏上以石板鋪成的參道舉頭仰望那聞名不如見面的白鳥居，上方閃爍著的金漆額束蒼勁有力的刻上了「靈感神社」四字。空氣中每顆粒子都在告訴她這是現實，她確實穿過旺角鬧市中陰暗潮濕的小巷，來到與其大相逕庭的聖域——靈感神社。

穿過偌大的白鳥居，於御手洗淨化身心後，作者徐徐步到本殿前。殿側立了個「奉納須知」的告示牌，內容如下：

參拜者請先輕輕地敬禮再將「願箋」投進功德箱，接著許願。由於這是獻給神明的祭品，因此恭敬地放進去才是正確的做法。請在投入「願箋」後搖一搖奉納箱上的鈴噹吧。（「願箋」可於銅牛像旁製作，謝謝。）

作者循著指示走到銅牛像之處按著步驟製作「願箋」，有趣的是「願箋」於某方面頗有香港特色。首先參拜者要以三十元購買一張「願箋」專用紙，加上特製用筆，其價值五十元正，可製作需時，如要加速進度需額外付二十元。看到最後的一句「可接受現金支付或電子轉賬」時，作者不禁感到有點啼笑皆非，要供奉香油錢便照直說好了，非要有各種瑣碎之雜項和固定金額，更甚是所有物品皆為一次性，稍有差池便得再次購入。也罷了，如今都來到這裡，還是照直辦好。

萬事俱備後，作者按照「二禮二拍手一禮」程序參拜神社所供奉的神明，祈求靈感之泉再次湧現。頃刻，亦到了旁邊的社務所求一支御神籤。拿起木製而略沉的籤筒時，細閱刻於筒身的文字，原來靈感神社獨特的御神籤於神社聖域內不會浮現任何文字，需待參拜者離開聖域後才會顯示神諭。得到一張雪白無瑕的御神籤後，作者趕緊把它放進口袋，以便離開後能旋即閱讀神諭的啟示。隨後她留在聖域內走了幾圈，感受久違的幽靜，淨化久於紅塵俗世積下的繁囂。

當作者離開神社後，趕緊把剛才的奇遇記下，生怕不近人情的時間會把它沖淡。她在回程的路上如入無人之境地，埋首於浩瀚無垠的文字海洋中，腦海內思潮翻騰，使她忙於以文字平復洶湧湍急的浪潮，漸漸忘記了原先的乾涸，忘記了時間的流逝，忘記了放在口袋中的御神籤。脫下虛擬實境眼鏡後，這位作家終於舒了一口氣，揉了揉乾澀的眼睛便動筆記下方才如幻似真的經歷，直至分針在鐘面走過了無數圈，恍若醒起了什麼似的，抓了抓口袋，竟從口袋中尋得「靈感神社」的御神籤。打開御神籤一探神諭之奧妙，唯見與籤筒上的說明一樣，離開神社後，原先純白色的簽紙上浮現出一行文字：

「看，你現在不就完成了這篇文章了嗎？」

## 〈願世人皆尷尬〉

相信每個人都必定經歷過尷尬這種情緒，而尷尬到底是什麼？根據各種詞典記載，尷尬是一種情緒狀態，用來表達做了不能接受或令人皺眉的行為後，被他人看到或透露時導致處境困窘的羞澀；或者在面對不好處理、困難或棘手的事導致處境困難時的害羞。於我而言，尷尬除了是害羞的表達更是抑制憂愁之良藥。

依稀記得，某個星期一的下午是我第一次服用加強劑量的「尷尬良藥」。那天，我又掉進了質疑自己是否一無是處的漩渦，反覆質問著這個成績不怎麼亮麗、跑步不怎麼快、辯技不怎麼高超、琴技不怎麼精湛的自己每日拖著身軀與四肢過活到底意義何在，這些縈繞於腦海的質疑猶如䨴靆，驅之不去。

拖著軀體渾渾噩噩的我上完整天使人頭昏腦脹的課後，來到了音樂室進行弦樂團練習，為不久便要進行的比賽做準備。那時我如常拉著上星期還配合得好端端的第一章樂曲，可愈拉愈不對勁，小節停頓對不齊，音亦和不了。指揮顰著眉，再也忍受不了這極不協調的協奏曲繼續演奏下去，便令讓同學停下來。「大提琴獨自拉一次！」他不耐煩道。我只好打醒十二分精神，小心翼翼地從頭演奏一次第一章的樂曲。當我精準地奏出前兩小節，準備進入第三小節之時，「啪！」指揮驟然拍案怒道：「都來到薄霧之時，你還在發白日夢？難道你不能稍微用一用你的耳朵聆聽身邊的人在拉甚麼嗎？我們早已在演奏第二章了。」站在對面的小提琴手都紛紛搖頭輕嘆，旁邊的中提琴手實在看不過，便幫忙翻到了第二章的樂譜。在翻開樂章的瞬間，五線譜上印著的低音譜號在往後的小節裡都成了中音譜號，旁邊的五個降號更直刺我雙目，使我頭昏腦脹。我只好把這份初相見的第二樂章當作視譜練習，剛演奏時尚好，但是當旋律漸入高潮之際，略高的把位弄得我手忙腳亂，音準拉得一塌糊塗。在樂曲完結前，不妙之感有如暗湧席捲心頭。樂曲兀然靜止，心臟恍如有一瞬跳漏了一拍。負責演奏低音大提琴的同學諷刺道：「剛才拉大提琴拉得像殺雞似的那個，你到底有沒有練琴？這些只是一堆毫無技巧可言的八分音符！」其他聲部的同學皆聚集到我身旁，欲一探樂譜深淺之究竟。眾人各自以手中的樂器嘗試演奏該段樂曲。眼前的一眾小提琴手以高八度拉出該選段，把每個音符運之掌上，更揚言不解有何難處。此時此刻尷尬的情況似乎已突破極限，能把一切情緒置諸度外，猶如世上只有尷尬伴我左右。樂團首席悄悄地繞到音樂室的後方搬出一把椅子並放在我身旁，坐下來平靜地說：「要知道樂曲的難度，便必先以其指定的樂器演奏，這樣才能真切地了解到當中的難以之處。可否借用一下你的大提琴？」良久，經過他的一番摸索，最終得出以下定論：「大提琴把位的指距的確和我們拉的小提琴相差甚遠，還有繁瑣的升降調須兼顧，實在不容易。」同學們或許看著他是樂團首席的權威份上，半信半疑地，接受了這個解釋。

可是當中一位低年級的小提琴手堅決要親身體驗過用大提琴演奏選段才能心悅誠服，無奈的我只好再次借出懷中的大提琴。卻不知怎地，同學們開始和旁邊的人互相交換樂器演奏，弦樂團的練習頓成大型樂器交換體驗大會。

離開學校時，一路上都與他們有說有笑地討論不同樂器各自的有趣之處或是難以掌握的挑戰。直至分別後，我不禁回想剛才的三小時裡我竟然走出了自困的囹圄，拋開了先前的憂愁。或許尷尬是你落入深淵前的保護網，是你汪洋大海中浮沉時遇上的一個救生圈，是你困於迷霧中引領你的一束光。

願世上眾人皆尷尬。

# 〈打招呼〉

「嗨！」這麼簡單的一聲背後，其實是一場心理攻防戰，而校園的每一隅都有可能成為戰場。在走廊上，當與你半生不熟的同學於前方走過時，你注意到他便會思考到底該和他打招呼嗎？但如果他注意不到，豈不尷尬至極？

想到這裡，普遍只有二種結果：幸運的話，對方看到你時主動和你打招呼；若然不幸，當他走過時，你們四目相投卻互相等待對方先開口，結果擦肩而過時仍舊一句話也未說便走了，留下的只有尷尬和糾結自己是否有點不太禮貌的情感。

對於一些比較內向的人來說，這可是在校園裡經常會遇到的一場結合「內憂外患」的心理攻防戰。首先自己會糾結到底要踏出主動的一步，還是留在自己的舒適圈成為被動那個，甚至裝作看不到對方，以迴避這場戰爭爆發。其次亦會糾結別人會否在你向他打招呼時感到唐突，和他是否正在專注地思考某些要事，根本沒在意周遭的環境。

可對於一些外向的人來說，他們不明白為何這是一場戰爭，甚至會把戰場擴大至洗手間，在你踏出廁格那一刻便會聽到有人向你打招呼。這些情況不管經歷多少次都會令你怔住，甚至讓你思考為何她會知道在廁格出來的是你而非他人。

在這個處處皆可為戰場的校園裡，內向的戰士們都在一次又一次的戰爭中磨煉自己的勇氣，銘記著「只要自己不尷尬，尷尬的就是別人」的格言，盼他朝一日能自如地與別人打招呼，結束這場戰爭。

# 〈迷失之時〉

一顆惹得眾人注視、璀璨奪目的彗星不消一瞬，也會被無情的黑夜吞噬。

常言道：「為你好」、「為人處事該圓滑點」、「珍惜你本來的棱角」、「女孩子就應温婉些」、「不要這麼柔弱」……一句又一句的話猶似四方八面湧來的濃霧，使你寸步難行，趑趄不前。

別人動輒在每一句後安上「為你好」之名便進行一次又一次情緒勒索，使我被寒風刺骨的波瀾一浪一浪地推向深淵。我嘗試仰首，渴望呼吸到氧氣，卻被苦澀的海水灌下喉嚨，直至被四方八面湧來的海水淹沒，沉淪在無止境的黑暗，在厭世與自我討厭間輪迴。

在紅塵間，一切子虛烏有。實相終化作塵土，歸於虛無。縱然知道晝夜星辰仍日復日更替、照耀大地、受人瞻仰，潮汐漲退、陣陣海浪、窒息之間，我們仍在空白的黑夜中。生而為人，為何而生？

經過連夜苦思，夙夜匪懈地翻閱不同哲學家的理論，領略出的不過是一場文字遊戲。人生於世間本來不帶任何意義，漫漫人生路總要找到支撐自己的力量，而「人生目標」則是每個人賦予給自己的生存意義。若不慎被目標的力量壓垮，化為阻礙自己前行的桎梏，終究會落得自困囹圄的下場。其實，人生過得猶如閒雲野鶴又如何？倥偬過世又如何？一路上勘探黑夜的真美，但求所為的一切問心無愧，不負韶華，足矣。

# 〈獨處的時光〉

一縷銀輝從黑色的帷幕灑到屋子裡的窗旁，伴隨著蕭瑟的晚風，不經意地拂過眼前的樂譜，使它掀起了數頁，讓獨自在練琴的我怔了怔並停下拉著大提琴的手。心裡納悶：為何這次拉起卡米爾・聖桑的《天鵝》不能如以往般富有感情？為何不能塑造出意境？為何音色不夠圓潤？琴弓於弦線上不斷來回數十遍，弓毛上的松香粉猶如漫天飄雪般灑落琴面，琴音漸漸沙啞微弱，取而代之的是腦內那數十把質疑、責怪、譏諷的聲音，欲辯已忘言的我猶以骨鯁在喉，無力感紛至沓來，彷如寒刺骨的冷風無情地把我推向伸手不見五指的漩渦，卻被捲到一個古色古香的中醫藥房內……

看來，我又需要在這所「心理藥房」接受診治了。映入眼簾的這個縈繞著令人心曠神怡的檀木香而靜謐的空間，乃我獨自與內心進行對話，與自己獨處療癒的場所。每次自我對話宛如與醫師問診就醫，而藥方則是平日儲下的不同領悟，從記憶的藥箱中選出合適的藥材並加以調製，最終便成解救苦痛之良藥。我便乾脆稱此處為「心理藥房」。

猶記得，上次到訪「藥房」是在歸家途中，獨自在巴士上看著往後掠過的連綿風景，聽著一首名為《坐看雲起時》的歌所發生的。那時，我剛從一場田徑比賽落敗，友人都安慰過我，但我卻兀自悔疚為何到比賽才失準。「何解，尚有數之不盡遺下的心債還未解」這句歌詞在耳畔和我的思緒互相呼應著，我隨即留意那恰似為我而寫的歌詞。驀然，一把桑榆暮景的聲音響起：「這次又怎麼了，年輕人？」我就知道「藥房」的醫師又來問診，我二話不說便把心中五味雜陳的情感傾囊盡訴，不管我多努力去跑也沒法超越他人的滋味是多麼令人窒息。醫師徐徐開口道：「如歌詞中『誰原諒你自判失敗』，人生路上，往後比賽多的是，這次的失敗讓你知道自己的臨界點在哪，下次改良速度分配便是了，不必自責。『悲傷的你銀河沿路勘探，流水窮盡處仍沒法舒解』，與其執著於無法改變的過去，不如放下並重新出發吧。」車窗外波紋晃蕩的大海不復再，我抬頭看著天上悠然升起的白雲，困擾彷彿得以緩解，並暗自下決心重新出發。

回到現在的藥房，只見滿頭鶴髮的醫師在跟前用深邃的目光凝視著我。頃刻，他從身後的「百子櫃」拿出一本《莊子說》，接曰：「『人莫鑑於流水，而鑑於止水』，你還記得其意嗎？」

醫師手上這本《莊子說》是我少有地於假日偷得浮生半日閒獨個兒到圖書館借閱的讀本。當中對「人莫鑑於流水，而鑑於止水」一言感觸頗深，彷彿說明著「藥房」的存在。人人在獨處的時候，內心總是比較平靜，波平如鏡的止水，而「藥房」為鏡，醫師則為倒影。醫師亦解釋道：「平心靜氣才能反思自身，加以改善，乃醒悟之要，即『而鑑於止水』。」醫師一席話驅散了我滿腹疑團，使我豁然開朗。

「年輕人，你之所以演奏時發揮不如前是你隨流水而行，才不能及時自鑑和改善，當你行到流水窮盡處時，驚覺無水可尋，難以拾回拉琴時的自在悠然，變得焦躁，心煩意則亂。這時，不妨坐下來，靜心調整自己，看著遠方緩緩升起的雲霧，感受水以其他方式的存在，重新感受樂曲的意境和你想表遠的情感。」當醫師語重心長地說畢後，我心中有種難以名狀的輕鬆舒暢感，似脫下沉重的桎梏般。

輕柔的晚風把我吹送回現實，我深呼吸一口，嘗試再次拉起《天鵝》一曲。這次，我終於感受到天鵝在碧綠的湖水中優雅端莊地撥清波，隨著音樂的起伏時而游近，時而遠去。

# 〈正於心田耕作中〉

把內心寫作心扉、心窗，都快要被人用得如街市的生菜一般俯拾皆是，變得陳腔濫調。在偶然之下讀到林夕的一篇文章，接觸到佛學星雲大師將我們的心比喻為田地，需要開墾、灌溉、播種、耕耘方能成為一片淨土，開花結果，一改文字的霉氣，使我豁然開朗。胡適之曾說：「要怎麼收穫，就必須先怎麼栽植。」在心裡默默許下的願望、對自己的承諾，乃撒下心田的種子，耕種的過程便是努力實踐的過程，不到最後也沒法知道最終的成果。耕耘心田最有趣的，莫過於它不同現實中的種植，或許不會種瓜得瓜，種豆得豆，可能在種植途中，栽種的方法不同亦會使最後種的植物與預期有所不同。

於心田種植，要講求耐心亦要看運氣。有意栽花花不發，無心插柳柳成陰。撒下每顆種子後，除了用心栽種，只能夠等待命運，使它茁壯成長，可能偶爾於腦海閃現的念頭會慢慢生長，引導你未來的走向，最終愈發茂盛，在該方面有豐富的收成；反之，若果急於求成，終究只會落得揠苗助長的下場。

有時撒下太多種子，使心田分劃得太零碎，同時處理過多植物無法集中，種子之間會互相搶奪養分，最後使心田雜草叢生，難有所成。

有時，我會把現實生活中遙遠而理想的願景，渴望被人認同或是立志做好之事寄托於字裡行間，讓它們化為種子埋於心田耕耘。一篇一篇的隨筆，承載著無處安放的情感、微小的願望，把它們埋於土中朝夕耕作，盼他朝一日，我能勇敢邁向心之所想，使田中花蕾皆綻放，果子結得飽滿光澤。

若文字會生花，願我能栽種出一枝藍玫瑰。

# 後記

一眨眼，終於迎來了交稿的日子。這四個月以來歷盡多少個日與夜終於完成了這部作品，老實說，現在的心情可道五味雜陳，既能夠鬆一口氣，卻又帶點不捨。當中為找不到靈感而感到焦躁、為腦海零零散散的點子弄得無從入手、為交稿限期將至而感到憂慮，這些情緒多多少少也會影響到身邊的人。對不起，但感激你們還在我身旁默默給予鼓勵和支持，感謝你們在我絞盡腦汁也想不到題材時在旁分享的各種想法、感謝你們不嫌棄並解答我時不時問及一些關於作品的奇怪問題、感謝你們耐心地讀完作品中的一字一句……

在這個作品裡，當中為數不少的角色是取自日常生活遇見的人作為原型參考，若果有幸能讓你們讀到這些篇章，不妨在裡頭尋找一下自己的身影。先此聲明，故事裡記憶和幻想互相交織，人物方面或許和現實稍微有些少出入，恕請莫要見怪。

在這次寫作過程中，有趣地讓我做了許多平日不會做的事或者不會經歷的事。放學穿著皮鞋跑到沙灘，對著灑上金箔的大海寫作；逛街時特意走入小巷裡細察其環境；拿著一頁頁稿件到處徵詢意見……只為了獲取靈感，在字句上呈現出心中的畫面。

能夠擁有是次機會亦感激香港青年協會專業叢書統籌組給予的機會和安排，在這趟旅程使我獲益良多。感謝每位給予過意見的導師和參賽者，有幸能認識大家，在稿件截收日期前一同奮鬥，一同經歷，一同成長，實在難能可貴。

希望這部作品恰如其名，成為一點點火花，能夠燃起大家心中的花火，喚起璀璨耀目的回憶。

二零二四年四月三十日

# 香港青年協會

hkfyg.org.hk | m21.hk

香港青年協會（簡稱青協）於一九六零年成立，是香港最具規模的青年服務機構。隨著社會瞬息萬變，青年所面對的機遇和挑戰時有不同，而青協一直不離不棄，關愛青年並陪伴他們一同成長。本著以青年為本的精神，我們透過專業服務和多元化活動，培育年青一代發揮潛能，為社會貢獻所長。至今每年使用我們服務的人次接近六百萬。在社會各界支持下，我們全港設有九十多個服務單位，全面支援青年人的需要，並提供學習、交流和發揮創意的平台。此外，青協登記會員人數已達五十萬；而為推動青年發揮互助精神、實踐公民責任的青年義工網絡，亦有超過二十五萬登記義工。在「青協・有您需要」的信念下，我們致力拓展十二項核心服務，全面回應青年的需要，並為他們提供適切服務，包括：青年空間、M21媒體服務、就業支援、邊青服務、輔導服務、家長服務、領袖培訓、義工服務、教育服務、創意交流、文康體藝及研究出版。

# 校園作家大招募計劃2023／24

香港青年協會一直致力推廣青年閱讀及創作，多年來出版多元系列的專業叢書。為了進一步提升中學生中文寫作水平及興趣，以及營造校園寫作風氣，由語文教育及研究常務委員會（語常會）支持及語文基金撥款，香港青年協會專業叢書統籌組於2023／24學年舉辦「校園作家大招募計劃」，通過一系列學習、培訓、實踐和比賽活動，包括「寫作訓練工作坊」、「寫作導師計劃」、「寫作訓練營」，以及「校園作家選拔賽」，鼓勵學生積極參與創作，並將獲獎作品出版成書或發布。

計劃舉辦五年來一直深受學界歡迎。本屆共接獲八十七間學校報名，最後從超過二百二十位報名者中，選出八十二位滿懷作家夢的中一至中四學生，由二零二三年十二月起接受五個月的寫作培訓。計劃很榮幸邀請到葉秋弦女士、林志超博士、李維怡女士、陳宛珊女士、呂永佳博士、黃怡女士、徐焯賢先生、林三維女士、袁兆昌先生、曾淦賢先生、施偉諾先生、李日康博士，從寫作大綱到作品終稿，逐步指導學員完成創作。本屆計劃新增「寫作導師計劃」，學員配對專業寫作導師，負責批改作品，及以小組形式進行指導，解答創作及寫作上的疑難。

經過由梁璇筠女士、葉曉文女士、蕭欣浩博士、曾繁裕博士、殷培基先生、葛亮博士、香港青年協會副總幹事鍾偉廉先生及呂慧蓮女士組成的專業評審團的評分選拔，保良局董玉娣中學的黃詠妍同學和德望學校的麥愛綸同學分別奪得本屆非小說組及小說組冠軍。兩位同學的作品均於二零二四年夏季出版，更於同年的香港書展及市面作公開發售，一圓作家夢。

# 專業叢書統籌組

cps.hkfyg.org.hk

香港青年協會專業叢書統籌組多年來透過總結前線青年工作經驗，並與各青年工作者及專業人士，包括社工、教育工作者、家長等合作，積極出版多元系列之專業叢書，包括青少年輔導、青年就業、青年創業、親職教育、教育服務、領袖訓練、創意教育、青年研究、青年勵志、義工服務及國情教育等系列，分享及交流青年工作的專業知識。

為進一步鼓勵青年閱讀及創作，本會推出青年讀物系列書籍，並建立「好好閱讀」平台，讓青年於繁重生活之中，尋獲喘息空間，好好享受閱讀帶來的小確幸，以文字治癒心靈。

本會積極推動及營造校園寫作及創作風氣，舉辦創意寫作工作坊及比賽，讓學生愉快地提升寫作水平，分享創新點子，並推出「青年作家大招募計劃」、「校園作家大招募計劃」及「全港即興創意寫作比賽」，為熱愛寫作的青年提供寫作培訓、創造出版平台及提供出版機會。

除此之外，本會出版中文雙月刊《青年 空間》及英文季刊《Youth Hong Kong》，於各大專院校及中學、書局、商場等平台免費派發，以聯繫青年，推動本地閱讀文化。

# 語文教育及研究常務委員會（語常會）致力提升香港市民兩文三語的能力

語常會於一九九六年成立，就一般語文教育事宜及語文基金的運用，向政府提供建議。自成立以來，語常會通過運用語文基金，配合政府、其他諮詢組織和持分者的努力，資助並推行不同的措施，以幫助港人，尤其是學生和在職人士，提升兩文（中、英文）三語（粵語、普通話及英語）的能力。工作包括：

一、推行有關本地及國際語文教育的追蹤研究和比較研究，以助有效制訂和推行語文教育政策；

二、加強對幼童學習中、英文的支援；

三、加強語文教師的專業裝備及持續發展；

四、照顧學習者的學習多樣性，包括非華語學生的需要；

五、與有關持分者，特別是社會人士合作，在學校內外營造有利學生學習語文的環境；以及

六、配合語言景觀的轉變，提升本地在職人士的語文水平。

# 火花


| | |
|---|---|
| 出版 | 香港青年協會 |
| 訂購及查詢 | 香港北角百福道 21 號<br>香港青年協會大廈 21 樓<br>專業叢書統籌組 |
| 電話 | (852) 3755 7108 |
| 傳真 | (852) 3755 7155 |
| 電郵 | cps@hkfyg.org.hk |
| 網頁 | hkfyg.org.hk |
| 網上書店 | books.hkfyg.org.hk |
| M21 網台 | M21.hk |
| 版次 | 二零二四年七月初版 |
| 國際書號 | 978-988-76281-6-3 |
| 定價 | 港幣 80 元 |
| 顧問 | 徐小曼 |
| 督印 | 鍾偉廉 |
| 作者 | 黃詠妍 |
| 編輯委員會 | 周若琦、徐梓凱、許若天 |
| 執行編輯 | 許若天 |
| 實習編輯 | 鄧霖霖 |
| 設計及排版 | C.S.L |
| 製作及承印 | |

Sparkle

Publisher : The Hong Kong Federation of Youth Groups
21/F, The Hong Kong Federation of Youth Groups Building,
21 Pak Fuk Road, North Point, Hong Kong
Printer :
Price : HK$80
ISBN : 978-988-76281-6-3